Sandy,

Tiggts no?!
Spitze Feder 2

Sandy Jud

TIGGTS NO?!
Spitze Feder 2

Bibliografische Information der Deutschen Nationalbibliothek:
Die Deutsche Nationalbibliothek verzeichnet diese Publikation in der Deutschen Nationalbibliografie; detaillierte bibliografische Daten sind im Internet über http://dnb.dnb.de abrufbar.

© 2019 Sanju Star GmbH, Sandy Jud

Konzept und Realisation, Text und Abbildungen / Gesamtverantwortung: Sandy Jud
Layout Umschlag und Inhalt: Sandy Jud
Bilder Inhalt: Sandy Jud und pixabay.com
Herstellung und Verlag: BoD – Books on Demand, Norderstedt

ISBN: 9783732282593

Alle Rechte vorbehalten
Kein Teil des Werkes darf in irgendeiner Form (durch alle aktuellen oder zukünftigen Reproduktionsmöglichkeiten und –verfahren) ohne die schriftliche Genehmigung des Autors reproduziert und unter Verwendung elektronischer Systeme verarbeitet, vervielfältigt oder verbreitet werden.

Haftungsausschluss
Alle in diesem Buch enthaltenen Texte wurden vom Autor nach bestem Wissen und Gewissen erstellt und sorgfältig geprüft. Gleichwohl sind grammatikalische Fehler nicht vollständig auszuschliessen. Daher erfolgen die Angaben und Texte ohne jegliche Verpflichtung oder Garantie des Autoren oder der Sanju Star GmbH. Eine Haftung des Autors oder der Sanju Star GmbH ist in jeglicher Hinsicht ausgeschlossen.

Wenn e Türe zueschletzt, isch bestimmt irgendwo es Fenster offe…

Zur Autorin

Sandy Jud wurde 1982 am Zürichsee geboren, wo sie auch heute noch lebt. Sie hat schon viel ausprobiert in ihrem Leben. Gestartet als Drogistin, war sie u.a. als Koordinatorin für Telefonbücher zuständig, plante Photovoltaikanlagen, verkaufte Backwaren und Gemüse und arbeitete auf verschiedenen Baustellen in der Schweiz. Heute ist sie als Visagistin und Dozentin tätig, malt grosse Acrylgemälde, illustriert Kinderbücher und schreibt leidenschaftlich gerne Kolumnen und Kurzgeschichten über alltäglich Sonderbares.

Tiggts no?! ist ihr zweites Buch, das aus ihrem Blog „Spitze Feder" entstand, den sie unter www.sanjustar.com betreibt.

Halli Hallo und herzlich willkommen

Hallo, schön, dass du da bist lieber Leser. Ich hoffe, du hast mein erstes Buch „Sorry gäh…" gelesen und es zumindest teilweise ganz amüsant gefunden, hast dich vielleicht sogar in der einen oder anderen Geschichte wiedergefunden? Vielleicht bist du aber auch per Zufall auf dieses Buch gestossen und es ist nun eine Überraschung, dass es davon mehrere gibt? Egal. Du bist da und das zählt.

Wie schon in meinem ersten Buch „Sorry gäh…" wird es bestimmt auch hier wieder Geschichten und Ansichten geben, die du nicht mit mir teilen magst, von denen du vielleicht sogar sagts – Tiggts no?! Aber das ist ganz normal, und damit kann ich leben, denn ich bin genug tolerant, um andere Meinungen gelten zu lassen. Bist du es auch?

Und nun nehme ich dich noch einmal mit in meinen Alltag, wir sehen uns imposante Silos an, hinterfragen das Leben an und für sich, lauschen

Kinderwünschen und freuen uns, wenn unsere Mitmenschen uns jünger schätzen. Der alltägliche Wahnsinn, in einer bekloppten Welt eben. Sag, bist du dabei?

Auf geht's!

Deine Sandy

Echt nicht mein Tag heute!

Hi und schönen guten Morgen! Also gestern war echt nicht mein Tag. Ich denke, ihr alle habt solche Tage, an denen ihr am liebsten (und wohl auch am besten) im Bett geblieben wärt. Meiner hat eigentlich ganz gut begonnen. Laptop surrte leise vor sich hin, ansonsten eine himmlische Ruhe. Bereit, eine weitere Kurzgeschichte zu schreiben… Da stupste mich was am Fuss und schaute ganz keck nach oben. Mein liebes Frettchen, die Madame Moose, wollte doch auch ganz gerne mithelfen…

Und da hat alles angefangen.

Natürlich konnte ich diesen schwarzen Knopfäuglein nicht widerstehen, und so hab' ich die kleine Dame auf meinen (absolut überfüllten) Schreibtisch hoch gehoben. Und wie das bei Frettchen so ist, es geht alles seeehr schnell. Einen Blick auf den Bildschirm und dann hörte ich bloss noch ein dumpfes Plopp. Was ich vergessen hatte? Ich hatte einen Becher mit Schokomilch auf dem Tisch stehen… und so hat sich ganz leise eine Schoko-Welle über meinen Tisch ergossen (Anmerkung: Lied in den Ohren: Das ist die perfekte Welle…). Papiere, Karten, Geschenke, Handy, Agenda, nichts blieb von der braunen Welle verschont. Und wenn ich es nicht besser wüsste, könnte ich fast meinen, meine Mausi hatte ein tierisch schlechtes Gewissen gehabt. Ich hab' sie dann in ihr Zimmer gebracht und sie hat sich auch sogleich schlafen gelegt. Mit gefühlten drei Rollen Haushaltpapier habe ich dann die ganze Schweinerei zusammengewischt. Und wohin damit? Ab ins Klo. Spülen, und weg.... Weg? Nein!!! Das Wasser kam dem Rand des Klos verdächtig nahe und ich habe zum ersten Mal in meinem Leben ein Klo verstopft... Scheibenkleister, aber auch!

Als gelernte Drogistin habe ich natürlich Abhilfe im Haus und goss eine halbe Flasche Entstopfer ins Klo. Jetzt erst mal ruhen und wirken lassen. Kommt gut. Dann kann ich ja jetzt malen gehen... Im Atelier angekommen, habe ich dann mal flott noch mein Malwasser über den Tisch gekippt und mein Sandwich ertränkt... Mist aber auch! Heute ist nicht mein Tag!

Wieder Zuhause angekommen, habe ich erneut das Klo inspiziert und gespült... oh oh, scheint noch nicht gewirkt zu haben...hmm... der Gummipömpel muss her. Den habe ich mir vor gefühlten 100 Jahren beim Einzug gekauft, weil ja jeder Haushalt so was braucht. Wo ist der denn gleich abgeblieben? Im Einbauschrank zuhinterst habe ich ihn dann schliesslich gefunden. Ein wenig verstaubt, aber ansonsten tiptop. Also ab ins Klo damit und Vakuum erzielen. Und was geschah? Ich habe ihn zerbrochen! Ja, einen Gummipömpel! Die 100 Jahre Ruhestand haben dem Gummi wohl keinen Gefallen getan. Mist, Mist, Mist! Ich hab' dann die Einzelteile aus dem Klo gefischt und in den Abfall geschmissen. Beim Rückweg aus der Küche bin ich mit dem Ellenbogen in die Türklinke gelaufen – kann es noch schlimmer kommen? Was habe ich getan, dass ich das verdiene?

Und was macht der Mensch von heute, wenn er nicht mehr weiter weiss? Genau. Er fragt mal eben flott bei Tante Google nach. Klo verstopft – Hausmittelchen. „Von zahlreichen Nutzern dieser Seite erprobt, bla bla bla... Noch günstiger und noch besser als die Saugglocke wirkt eine PET- oder Plastikflasche wenn die Toilette verstopft ist. Dazu einfach den Deckel auf die Flasche schrauben und den Flaschenboden mit einem Messer abtrennen. Dann in den Kloabfluss einpassen und kräftig pumpen! Durch den Unterdruck werden viele Verstopfungen der Toilette gelöst! Hat schon vielen geholfen. Wichtig: Es sollte sich nach Möglichkeit um eine 2-Liter-Flasche handeln wenn die Toilette verstopft ist. Die Flasche sollte zudem flexibel, biegsam und quetschbar sein." Hey Leute wisst ihr was? Das hat tatsächlich geholfen! Danke Tante Google! Obwohl ich anfänglich bei „Flaschenboden mit einem Messer abtrennen" heute ein wenig gezögert habe…

Und so wurde dieser absolut verquere Tag doch noch ganz gut. Madame Moose hat von allem nichts mehr gewusst, als sie Stunden später aus ihrer Hängematte rausgekrochen ist, um mit ihrem Bruder zu spielen. Und ich habe ausser einem Schoko-Fleck auf dem Holztisch und einem blauen Flecken am Arm auch keine grösseren Schäden daraus gezogen. Und dennoch, manchmal sollte man einfach im Bett bleiben! Erzähl mal. Was war dein schlimmster Tag?

Hoffe, dass auch bei dir heute alles reibungslos über die Bühne geht! Bis bald und liebe Grüsse!

The Bucket List

Hallo und guten Morgen. Schön, dass du da bist. Wir sind ja momentan von Leben und Tod nur so umzingelt. Stehen wir morgens auf und blicken in den Spiegel, so sehen wir das Leben, das pralle Leben (ha ha ha). Schalten wir abends die Glotze ein, so sehen wir leider meist bloss den Tod in all seinen Facetten. Schlimm, ich weiss, doch der gehört nun mal zum Leben mit dazu.

Heutzutage weiss man ja nie, wann man ins „nächste Level" wechselt. Man kann ganz gemütlich in der Beiz hocken und im nächsten Moment ist Feierabend. Verrückt sowas. Oder man geht über die Strasse und aus die Maus. Passiert. Jeden Tag. Es zeigt uns, wie zerbrechlich unser Leben doch ist. Wir bauen auf Glas, ohne uns dessen wirklich bewusst zu sein.

Was also ist der Sinn des Ganzen? Jeden Morgen aufzustehen, um in ein namensloses Büro zu hetzen? Sich dort mehr oder weniger wichtigen Dingen zu widmen? Sich mit doofen Chefs und bekloppten Kollegen die Zeit zu vertreiben, bis man abends endlich wieder zu seinen Liebsten nach Hause gehen kann? Also ich weiss ja nicht…

Ich habe immer noch die Vorstellung, dass man mehr daraus machen kann und auch sollte. Dass die Anhäufung von Geld allein nicht glücklich macht. Nicht der Sinn des Ganzen sein kann. Und so habe ich mir eine „Bucket List" angelegt. Ja, ganz genau. Eine Liste der Dinge, die ich im Leben noch erleben möchte. Ich bin viel zu jung und zu gesund dafür, sagst du? Kann sein. Aber die äusseren Umstände habe ich nicht im Griff, und warum sich seine Ziele nicht notieren? Hast du dir schon mal Gedanken darüber gemacht, was du auf dieser Welt noch sehen und erleben willst? Bist auch du daran, diese Liste „abzuarbeiten"? Meine Liste ist lang und wird meist von Tag zu Tag noch länger als kürzer. Gibt es doch so viel noch zu sehen und zu erleben! Du möchtest einen kleinen Auszug sehen? Ok. Voilà…

- In einer heissen Quelle auf Island baden – check ☺
- Eine Fjordtour in Norwegen machen
- Ein Buch schreiben – check ☺
- Mein Wunschgewicht erreichen
- Im Regen tanzen
- Mir einen Hund zulegen
- Eine Sportart finden, die mir Spass macht
- Tokio sehen

- Joggen gehen in Los Angeles
- Nachts im Wald spazieren gehen
- Einen Orang-Utan auf dem Arm halten
- Einen Koala streicheln
- Loch Ness besuchen – check ☺
- Auf den Klippen Cornwalls spazieren
- Schneeschaufeln in Finnland
- Ein eigenes Häuschen haben
- Spanisch lernen
- Einen Bärenpark besuchen
- Und vieles mehr…

Sag, und du so?

- …
- …
- …
- …
- …
- …
- …
- …
- …
- …
- …

Jugendschutz olé!

Hallo, schön dich zu sehen. Du glaubst nicht was mir letztens wiederfahren ist! Ich habe an einem Samstag den Wochen-Einkauf im Supermarkt meines Vertrauens absolviert. Da eine nahe Freundin ihren 50. Geburi gefeiert hat, hatte ich, nebst Bananen, Skyr, Spiessli, Brot, Eier, Butter, Milch und Schokolade, auch einen Champagner auf dem Fliessband stehen... und jetzt chunnts...

Der nette Typ an der Kasse hat alles mit dieser speziell lustlosen „mir-isch-im-Fall-hüt-alles-scheiss-egal-Miene" über dieses Pieps-Ding gezogen. Und gezogen und gezogen. Und es machte pieps und pieps und pieps... also nichts Aussergewöhnliches, kennst du sicherlich auch. Die vorne haben ihre Tüten wie die Irren gepackt, die hinter mir in den auserwählten Zeitschriften über Prinz William und die neue Sommer-Fix-Diät geschmökert... und ich? Ich habe ebenfalls lustlos und mit glasigem Blick ins Nirgendwo gestarrt...

Und dann kam er - der Champagner. Ein kurzer Blick in meine Richtung, ein rascher Handgriff und der Champagner landete mal eben auf der Seite in Warteposition. Als dann der ganze restliche Kram durchgepieps war, kam die alles entscheidende Frage direkt in mein Gesicht: **"Bisch du scho 16ni?"**

Wie jetzt? Ich? 16ni? Ich wusste gar nicht ob ich lachen oder weinen sollte. **"Ja voll e. Ich bin im Fall scho meh als dopplät so alt!"** Ein kurzes Auflachen seinerseits (hahaha Kleine, wer's glaubt!) und ein fester Handgriff um die Flasche. **"Dänn wett ich jetzt aber mal DIN Uswiis gseh..."**, stierer, wild entschlossener Blick in meine Augen. **"Ja klar, chasch du gärn gseh** (du Pfiiffänasä). **Säda..."**

Was dann kam war ein Etwas zwischen verlegen und erschrocken, Ungläubigkeit und "In-den-Boden-versinken-wollen". 1000 gehauchte Entschuldigungen und ein sich verteidigendes **"Mir müänd das ebe fröge wägem Jugendschutz, sorry gäh..."** und ein rasches: **"Das macht dänn 165.80 bittä, händ SIE Punktecharte und wetted SIE gärn Bildli?"** Und bei mir? Triumph pur! Scheisse seh' ich jung aus heute Leute! Alle gesehen? Suuuuper!!!! Und ein voll cooles: **"Hey Sie, keis Problem man, passiärt mer immer wieder emal..."** (stimmt so nicht, aber wen juckt's).

Und ein paar Tage nach diesem gloriosen Ereignis, fragt mich doch der Kontrolleur im Zug glatt, ob ich noch keine 16 sei. **Hey jetzt langts dänn im Fall. Das isch ja Mobbing!** Wie kommt der denn jetzt da drauf? Ist das der Alte vom

Kassen-Gusti oder was? „**Moll scho. Also gnau gno bini 36i...**" „**Dänn müsst ich no es Halbtax däzuä ha...**" Alles klar. Ein Scherzchen in dem Falle... oder doch nicht?

Und ich denke so bei mir. Wie kann das sein, dass die mich so jung geschätzt haben? Vielleicht, weil die heutigen Jugendlichen bereits so alt aussehen? Oder weil ich nicht schloote wie ein Bürstenbinder, mich nicht exzessiv der Sonne hingebe (also genau genommen meide ich die ja), nicht übermässig Alkohol konsumiere? Ich viel und herzhaft lache? Ok, gibt ja auch Falten, aber die zeigen wenigstens nach oben... weil ich viel und gerne schlafe? Oder ganz einfach gute Gene habe (im Gesicht)? Wer weiss.

Im ersten Moment war ich überrumpelt, geschockt, dann amüsiert und anschliessend fast ein wenig stolz. Also wenn ich dann mal flotte 40 bin, dann halten die mich für knappe 20... Spatz, sag was du willst, aber ich find das geil. Das ist eben **gelebter Jugendschutz – olé!**

Bis bald und immer schön jung bliibe!

Alli Billet bitte!

Hoihoi, schön dich zu sehen heute. Ich habe neulich wieder einmal mein Billett im Zug vorweisen müssen und da habe ich, meiner Meinung nach, eine doch sehr unschöne Situation miterlebt.

Der Kontrolleur oder Kondiktöör ist also seiner Arbeit nachgegangen und hat alle Billette verlangt. Eigentlich haben die meisten der Pendler diese auch ohne Knurren und Murren vorgewiesen, das Grätli hat gepiepst, er hat genickt und man hat sich einen schönen Abend gewünscht. Next. Aber ebe. Eigentlich. Bloss im Abteil schräg hinter mir hat eine Dame (Typ Karrierefrau) sich unfair behandelt gefühlt. Wieso? Jetzt münder lose...

Er: Grüezi. Billet bitte... (in Deutsch mit Akzent, woher auch immer).

Sie: Da... (hält ihr Portemonnaie hin, in dessen Klarsichttasche der rote Swisspass drin steckt.

Er: Können Sie das rausnehmen bitte...

Sie: Nei. Sicher nöd. Am Morge hani das au nöd müässe! (ziemlich giftig im Abgang).

Er: Aber so geht das nicht. Nehmen Sie das bitte raus.

Sie: Das isch ja de Gipfel. Sie händ wohl es Autoritätsproblem?!!! (voll uf Agro bürschtet).
Er: Nein, habe ich nicht. Ich möchte bloss, dass Sie Ihr Billett jetzt rausnehmen, damit ich das scannen kann…
Sie: So unverschämt vo Ihne. Wie redet Sie au mit mir? Wiä isch ihre Name? Ich wirde mich beschwere…!
Er: Mein Name steht hier auf meinem Schild. Ich war nicht unfreundlich.
Sie: Aha. Jetzt söll ICH öppe unfründlich gsi sii? (verstanden? Umgekehrte Logik!).
Er: Seufzt und schweigt…
Sie: Spuckt Gift und Galle…

Du kannst dir vielleicht denken, das ging noch minutenlang so weiter…
Anschliessend hat der Gute das Billett gescannt und ist weitergezogen, während die vornehme Dame ihre Sitznachbarin mit einbezog und lauthals weitergekeift hat (gälled Sie, aso so öppis muämer sich doch würkli nöd büüte la…). Ich so im Geiste: Muätter, nimm mal Dini Medis, echt jetzt, isch guuäääät – tiggts no?!
Fünf Billette weiter ist der arme Kerli dann bei mir gelandet, Billett gezeigt, Grätli hat gepiepst, alles gut, er hat genickt und gelächelt, ich habe genickt und gelächelt, beide haben sich einen schönen Abend gewünscht, also ziemlich

zivilisiert das Ganze. Dann meine Sitznachbarin... Billett gezeigt, Grätli hat merkwürdig gepieps, er hat gestutzt, sie hat begonnen... Gälled Sie es chunnt ungültig? Ja aso, jetzt münd Sie lose. Das isch ganz klar nöd MIN Fähler...

Und ich dachte so bei mir. Der arme Mann hat mit diesem Wagon nun wirklich die goldene Arschkarte gezogen. Jeder der sich doof anstellt, sollte mal einen Tag lang mitgehen und all diese Pendler kontrollieren müssen. Alle Rechtfertigungen und Beschimpfungen entgegen nehmen, jedes Grummeln und Grunzen ertragen und dabei wie eine 1 stehen, freundlich bleiben und lächeln (und vielleicht Arschloch denken).

Denn, auch wenn es vielleicht nervt, beim Zeitung lesen oder Mails versenden, beim Schminken und Plaudern, beim Musik hören, Kreuzworträtsel lösen oder Schlafen gestört zu werden, es sind immer noch Menschen wie du und ich, die bloss ihren Job machen. Und stell Dir vor, auch die haben mal Freude, wenn sie nett behandelt und sie nicht von jedem angeschnauzt werden. In diesem Sinne – Nächster Halt – Endbahnhof. Alles aussteigen.

Trends, Trends, Trends

Hallo, schön dich zu sehen. Ich lese ja hin und wieder mal Klatsch- und Tratschmagazine. Also nicht oft, aber manchmal. Und da wird einem ja immer weisgemacht, was zurzeit gerade furchtbar „In" ist, was wir unbedingt haben müssen um à jour zu sein und um es zu bleiben (und um halbwegs von unserer Gesellschaft akzeptiert zu werden) und wovon wir besser ganz die Finger lassen sollten. Vom schicken Kaschmirpulli mit Schriftzug (oh lala), über mit Pelz (Hallo??? Pelz!!! Tiggts no?!) gefütterte Schlappen bis hin zur neuen, sündhaft teuren Designertasche. Haben wollen, haben müssen…

Immer diese Trends! Eine Zeit lang standen ja alle auf rosa Haare, der Trend schlechthin. Lange Pullis ohne Hosen tragen oder Bügelbilder auf Hemden wie „I love Paris" und solche Sprüche… Die Stars und Sternchen machen's uns vor und auf der Strasse kannst du dann die, leider oftmals sehr billigen Kopien betrachten. Alle sehen sie gleich aus, ob's jetzt zum Typ passt oder nicht, leben dieselben Trends und wünschen sich gleichzeitig „einzigartig" zu sein um sich von der Masse abzuheben. Grotesk, oder? Hey und diese

Trends wechseln ja ständig und alle hecheln ihnen hinterher... Ich kann mich noch allzu gut an Tipp-ex-weisse Fingernägel, durchsichtige Gummi-Stilletos, geflochtene Boxer-Zöpfe oder Penny-Boards erinnern. An blinkende Steinchen auf den Zähnen, seitlich rasierte Schädel oder Halsbänder die aussehen, als hätte man sie dem Familienhund gemopst. Alles gar nicht so lange her im Fall.

Und von den Kosmetiktrends gar nicht gesprochen. Die Schnecken-Schleim-Creme die ewige Jugend verspricht, Meeresalgen-Schlammbäder die den Hagelschaden an den Schenkeln wegzaubert, Hyaluronsäure (Hya... was?) und Botox anstelle eines ehrlichen Lächelns... und schlussendlich die schön verpackte Resignation, 30 sei ja ohnehin das neue 20...

Aber all diese tollen Dinge gibt's ja nicht umsonst. Nein. Trends sind teuer, mein Freund. Wir müssen alle hart für den Scheiss arbeiten. Was also genau machen wir? **Wir tauschen Lebenszeit gegen Geld, welches wir in Gegenstände investieren, an denen wir uns erfreuen um darüber zu vergessen, dass wir diese eigentlich mit unserer Lebenszeit bezahlt haben.** So. Die Grundidee stammt nicht von mir im Fall. Die habe ich in einem Buch gelesen und fand die so furchtbar treffend. Wir strampeln uns also jeden verdammten Tag in irgendeinem Büro, einem Laden oder einer sonstigen Institution ab, um uns einen neuen Wagen kaufen zu können, eine neue Uhr, neue Klamotten, das beste Handy überhaupt oder sonstigen unnützen Kram. Und meist doch als Statussymbol. Also wenn man's ganz genau nehmen will, also gar nicht für uns. Denkt jetzt nicht, ich sei nicht auch gelegentlich dem Konsum-Wahn verfallen (so ist es ja nun nicht meine lieben Freunde aus Schweden), aber ich habe mir vor einiger Zeit mal grundlegende Gedanken zu diesem Thema gemacht. Obacht:

Will ich wirklich leben um zu arbeiten, oder will ich nicht vielmehr arbeiten um zu leben?

Und seitdem ich anders arbeite, sprich tagtäglich den verschiedensten Arbeiten nachgehe, die mir wirklich Spass bereiten, bin ich ausgeglichener und glücklicher. Ich habe zwar weniger Moneten im Sack, bin aber dennoch reicher. Denn ich habe mehr Lebenszeit für mich. Zeit, in der ich mich Dingen und Menschen zuwenden kann, die mir am Herzen liegen, die mir wichtig sind. Und für diese Zeit, verzichte ich sehr gerne auf die neuste Tasche vom Designer „Schlag-mich-tot", das beste Handy überhaupt, übertuerte Schlappen die irgendein „Star" auf einem roten Teppich vorgeführt hat, schrille Kultbrillen oder Markenklamotten. Es geht auch ganz gut im ollen Pulli vom Vorjahr. Und man muss ja nun auch nicht jeden Trend mitmachen. Warum nicht mal ein wenig natürlicher, ein bisschen "normaler"... das kommt in einer Welt voller Plastik und Illusion vielleicht ja ganz gut an, oder?

Und wenn ich dann doch wieder einmal im Zug sitze und mir die Gesichter meiner Mitpendler anschaue, so denke ich bei mir: **Du würdest jetzt wohl auch lieber schaukeln gehen mein Freund.** Ich empfinde es nahezu als Privileg, mit weniger auszukommen und dafür mehr Zeit zu haben. Diesen Wahnsinn oder besser gesagt Irrsinn durchbrochen zu haben und mehr auf mein Bauchgefühl zu hören. All die Dinge jetzt zu machen, die ich unbedingt erleben will, und nicht stattdessen meine Tage in Einrichtungen zu verbringen, die ich weder mag, noch deren Sinn ich wirklich begreife. Nicht mitbekomme, ob die Sonne gerade scheint oder der erste Schnee fällt. Okay, okay! Es gibt sie bestimmt, die einen oder anderen, die liebend gerne so ihre Zeit totschlagen, aber sei ehrlich, die Mehrheit ist es nicht, oder? Und auch diejenigen, die jeden Tag in einer solchen Bude arbeiten müssen, bloss um überleben zu können, die gibt's ganz bestimmt auch. Und nicht gerade wenige mein Freund.

Aber von denen ist hier und jetzt nicht die Rede.
Die hätten wohl eine eigene Geschichte verdient.

Und während ich hier so schreibe, denke ich bei mir... Morgen, da könnte ich doch wiedermal um den Greifensee walken... oder eben schaukeln gehen...

Bis bald und geniess deine Zeit, denn sie ist unbezahlbar.

Sag, sprichst du Deutsch?

Schön dich zu sehen.

Ich hatte vor einiger Zeit mal eine ziemlich seltsame Unterhaltung mit einem deutschen Kollegen und die ging in etwa so…

Ich: Los, ich muäss hüt beziite gah, ich han drum no GV am Abig.

Er: Wie jetzt? Was läuft denn da ab bei Dir?

Ich: Ja aso, mir händ das eimal im Jahr. Denn simmer öppe 40 Nase, bunt durchmischt. Zerst tümmer öppis ässe zämä, susch mag nacher niemert so rächt. Denn fanged mer a. Wurged das Züg so schnell wie möglich dure so dass alli z'fride sind am Schluss. Mängsmal druckt halt no eine ganz spontan öppis ine, aber da muesch rächne demit, und isch ja au nöd schlimm, wänn er fürschi macht. Und nachane tümmer alli no öppis trinke und hänts gmüetlich zämä…

Er: Hä??? (en steiiroote Näggel)

Ich: Ja zerst hani irgendswie immer s'Gfühl es schiesst alli es Bitz a. Aber wämmer denn mal drin sind und es paar so richtig in Fahrt chömed, isches denn gliich no huere lustig amigs...

Er: (ziemlich bleich um die Nase) Okay... sag mir... was genau bedeutet "GV" in der Schweiz?

Ich: Generalversammlig. Wägä? Was heisst dänn "GV" bi oi im Dütsche?

Er: Geschlechtsverkehr!

Wünsch der ganz en schöne Tag ohni Missverständnis!

Faszinierend, nicht?

Hi, schön dich zu sehen. Heute bin ich wieder einmal im Büro anzutreffen. Und als ich früh am Morgen so durch die wieder verschneite Landschaft stapfte (ja es ist der 28. April, stimmt schon), ist ein Güselwagen an mir vorbeigefahren. Und ich hab' mir dabei so gedacht: Da würde ich gerne raufspringen und mitfahren...

Sag, kennst du das auch? Dinge und Begebenheiten, die von Kindesbeinen an eine gewisse Faszination auf dich ausüben? Güselwagen-Fahren gehört bei mir definitiv mit dazu. Das Entleeren von Unterflurcontainern oder das Betanken von Tankstellen lässt mich immer noch staunen. Was noch? Hmm.... Luftpolsterfolie zerdrücken ist auch ziemlich weit oben auf meiner Hitliste anzutreffen. Chrottebösche wegpusten, so dass die kleinen feinen Samen durch die Luft wirbeln auch und bei Grashalmen die Samen wegquetschen und „Güggel oder Huehn?" fragen... (kennst du vielleicht noch aus deiner Kindheit?).

Ich muss beim Migros-Wägeli-Versorgen immer auf die Auszugklappe hinten draufstehen und mit Schub durch die Tiefgarage brausen... huiii!!!!

Eine weitere Faszination? Böllelibäder! Ja genau wie beim IKEA Wunderland. Da gäbe es kein Halten mehr, kann ich dir sagen Spatz. Was ist da noch? Der erste Schnee im Jahr, den finde ich irgendwie magisch. Das erste Mal im See baden auch. Der Duft von Frühling in der Luft nach einem langen Winter und bombastische Sommergewitter mit gelbem Himmel. Ein Poulet im Backofen selber machen, sich davor setzen und zusehen, wie es sich am Spiess dreht, das fasziniert mich heute noch, und lässt mich wieder Kind werden. Sehe ich einen Hund, so muss ich den stets begrüssen und einer Katze zwinkere ich immer zu (habe mal gelesen, dass das auf „Kätzisch" ein Lächeln sein soll – hoffe, das stimmt - hui). Dass ein Gecko an der Decke kleben kann finde ich einfach Hammer und Pfotenabdrücke im Schnee wühlen mich auf und rühren mein Herz, auch wenn ich nicht weiss weshalb.

Ich kann an keinem Kleiderständer vorbeigehen, ohne die Ware anzufassen (jaja, nu mit de Auge luege, ich weiss schon), und höre ich „River of Dreams" muss ich immerzu tanzen. Bei dicken Büchern muss ich sofort mit Lesen beginnen und bei Kaugummi natürlich Blasen machen. Wunderkerzen an einem Weihnachtsbaum, oder Raben beim Nüssli-Knacken zuschauen, das hat doch was, oder etwa nicht?

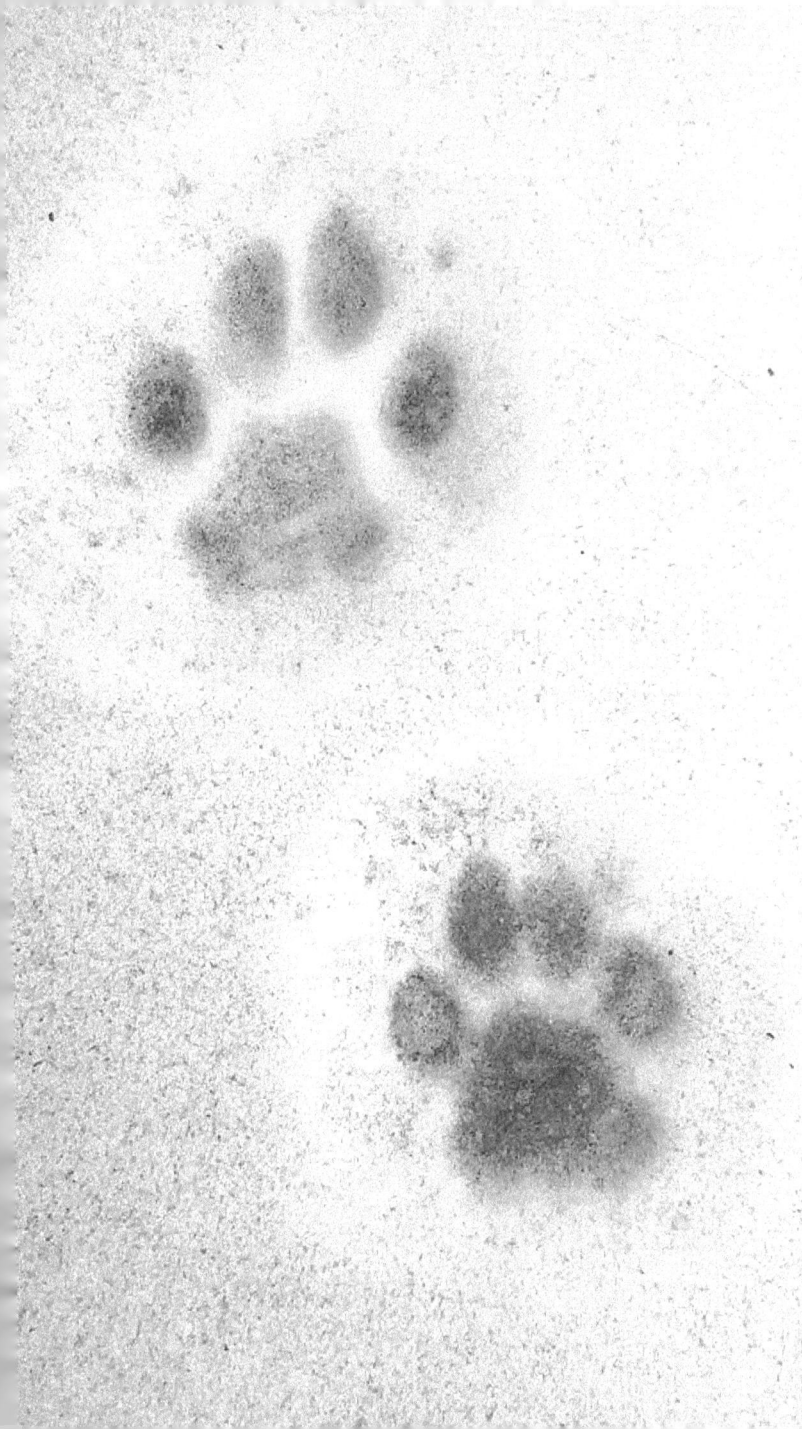

Wenn es mich beim Start im Flugzeug in den Sitz drückt, dann bin ich auch nach unzähligen Flügen noch immer hin und weg und wenn man Nachts die Sterne sehen kann, muss ich immer noch stehen bleiben und die auf mich wirken lassen.

Sag, was sind deine Faszinationen im Leben? Was begleitet und begeistert dich seit jeher und noch immerzu? Was lässt dich für einen Moment innehalten und alles um dich herum vergessen? Denn sag, sind es nicht die kleinen Dinge, die doch eigentlich die Welt bedeuten?

Und wo immer du auch gerade bist. Ich wünsch dir viele Faszinationen an diesem heutigen Tag und mindestens ein grosses Lächeln im Gesicht, denn das steht dir Spatz…

Bikinifigur vs. Badehosenschreck

Hi, schön, dass du da bist. Der Frühling ist da, und wenn ich mich auf den Strassen so umsehe, könnte man doch glatt meinen, er hätte auch gleich den Sommer mitgebracht. Ich sehe nackte Beine, bunte Flipflops, Trägershirts und spüre Sommerfeeling.

Und so habe ich beschlossen wie jedes Jahr, heute den mir zugeschickten Katalog zu öffnen und mich voller Elan der neusten Bademode zu widmen. Wunderschöne Teile leuchten mir in den buntesten Farben verlockend entgegen. Mit Träger, ohne, mit Rüschen, mit Streifen, mit fast gar nichts. Am liebsten würde ich sie gleich alle bestellen, sehe ich doch dann auch so unwiderstehlich gut darin aus…

Doch weisst du was? Ich weiss eigentlich ganz genau, wie jedes Jahr, werde ich masslos enttäuscht sein, wenn eines dieser Wunder-Teile dann an mir dran ist. Warum? Na zum einen, weil ich keine 1.80m gross bin, sondern mir das Wachsen bei 1.64m begonnen hat zu stinken, und ich's hab' gut sein lassen. Zum anderen, weil auch ich nicht gegen den viel gefürchteten Hagelschaden an den Beinen immun bin und ich hie und da doch noch eine Delle zu viel im Fleischanzug habe.

Und was mich jedes Jahr wieder aufs Neue erstaunt (und ja, ich sollte es wissen mittlerweile) ist, dass die Hautfarbe eben doch entscheidend ist. Also nicht im Beruf oder in der Liebe, aber bei der Bademode ganz bestimmt. Sehen meine kalkweissen Stelzen doch irgendwie jämmerlich gegen die braungebrannten Endlos-Beine bis an Bode abe des Models im Katalog aus. Eigentlich fies, so denke ich mir, immer solche gephotoshopten Wunder-Frauen zu nehmen, die einem den letzten Rest Selbstvertrauen weglächeln.

Tja, mein Freund, Luxusprobleme ich weiss. Bin ja auch ein Mädchen von der Goldküste☺. Und wie gesagt weiss ich ja auch, dass da mehr vorgeschwindelt wird, als das wirklich echt ist. Aber ebe... du verstehst mein Dilemma.

Und bevor ich wieder das halbe Versandhaus zusammen bestelle, habe ich gerade eben den Katalog in die Zeitungssammlung geschmissen und beschlossen, meine alten Bikinis genauer unter die Lupe zu nehmen. Wir hätten da die Variante „kleines Schwarzes", die mich wie ein Zebra aussehen lässt (weiss, schwarz, weiss, schwarz, weiss), oder das legere Dunkelblaue mit dem kleinen Schleifchen. Und schweren Herzens muss ich mir eingestehen, dass die beiden ja eigentlich ganz okay sind und ich mir das ganze Bestellen, Begutachten und Verzweifeln dieses Jahr mal sparen könnte.

Denn eigentlich sollte ich mich wohl eher meinem Körper widmen, ihn stählen und schinden, auf leckeres Essen verzichten und mir ein Sixpack antrainieren, anstatt zu chlööne und mich über verlockende Strandaufnahmen mit Bikini-Schönheiten zu ärgern. Aber Pustekuchen.

Ich versuche mit möglichst wenig Aufwand und Qual und lieber mit viel Lust statt Frust das Beste herauszuholen. Faul sagst du? Kann schon sein, aber damit kann ich leben. Also ihr Winterreifen und Frühlingsrollen. Ein wenig kleiner könntet ihr euch schon machen, aber so ganz verschwinden braucht ihr ja nun nicht. Denn was hab' ich letztens tolles gelesen?

Frauen sind wie Frühstück. So ganz ohne Speck ist langweilig.

Kleine Frage am Rande...

Hi, schön, dass du da bist. Ich sitze gerade vor meinem PC und töggele was ab, was eigentlich nicht besonders anspruchsvoll ist. Und dem entsprechend wandern meine Augen ziemlich lustlos über den Bildschirm und bleiben an dieser einen kleinen Frage hängen...

Was möchten Sie tun?

Eine simple kleine Frage, von meinem Computer gestellt, lässt mich innehalten und öffnet meinen Geist. Was würde ich denn gerne tun jetzt?

Hmmm... vielleicht schlafen? Eine heisse Dusche nehmen? Shoppen gehen? Auto oder Fahrrad fahren? Meine Eltern besuchen, Minigolf spielen, mit Freunden ins Kino, mit meinen Frettchen spielen oder walken gehen?

Vielleicht einen Kuchen backen oder einen Schmöker lesen? Schaukeln gehen? Meinen Kleiderschrank entrümpeln oder an meinem Buch weiterzeichnen?

Und währendem ich mir diese Gedanken mache: Was würde ich tun (wenn ich bloss könnte..), beginne ich zu lächeln. Wieso ... wenn ich bloss könnte? Ich kann verdammt nochmal! Ich kann an die Sonne rausgehen und in den Himmel blicken. Ich kann verdammt was Leckeres essen gehen oder auf dem nächsten Spielpi schaukeln. Nicht ich könnte, nein: ICH KANN. Ende der Geschichte. Und weisst du was? Auch du kannst. Klar, nicht alles stehen und liegen lassen, aber auch du kannst. Über Mittag, am Abend, Zwischendurch. Die Beine vertreten, frische Luft schnappen, meine Geschichten lesen oder mit deinen Kollegen einen kleinen Schwatz halten. Denn das Motto des heutigen Tages? ICH KANN (und du auch).

Bis später mein Freund! Wir sehen uns bei den Schaukeln!

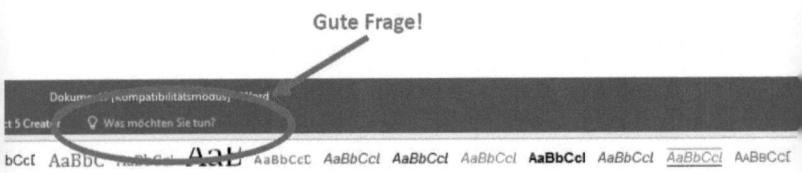

Gute Frage!

Nenn das Kind beim Namen

Halli hallo und guten Morgen.

Wer regelmässig meine Geschichten liest, der weiss, dass ich allem einen Namen gebe, damit ich irgendwie ein Gefühl dafür bekomme. Wie, hörst du zum ersten Mal? Geht ja gar nicht. Also, mein Auto heisst Antonella-Isabella (auch Brümm-Brümm genannt), mein Navi heisst Kurt, die fette Kellerspinne heisst Konrad (liebevoll Koni), mein Portemonnaie heisst Vreneli und so weiter…

Viele halten das bestimmt für kindisch oder gar verhaltensgestört (sorry gäh, heute heisst das ja verhaltensoriginell – tiggts no?!), aber ich bin nicht alleine mein Freund. Das Auto meiner Bekannten heisst Rosetta, der automatische Rasenmäher von Freunden heisst James und die Spülmaschine hört auf den Namen Paule. Ha!

Am Wochenende war ich mit Freunden essen. Neben dem Restaurant weiter vorne, hatte es einen Bauernhof mit zwei Silos. Und weisst du was? Die hatten auch Namen! Echt jetzt. Gross und fett in weisser Schrift prangten diese stolz und für jedermann gut sichtbar weit oben. Heinz und Thomas. Ist das nicht cool?!

Thomas

HEINZ

Heinz und Thomas – ich schnall ab! Ob das lediglich der besseren Verständigung innerhalb der Familie dient? Los emal Ruedi, de Thöme isch scho voll, aber de Heinz mag nochli vertliide, anstelle von s'rechte Silo isch scho volle – aso rechts, vo wo us gseh jetzt, Rosmarie?

Siehste, Namen können so vieles vereinfachen und machen viele „kalte" Gegenstände irgendwie „warm" und persönlich, geben ihnen ein Herz, wo sonst bloss der Motor wäre. Und sag mir, wie heissen denn diese Gegenstände bei dir Zuhause?

Und wie schon in der „Unendlichen Geschichte" von Michael Ende die kindliche Kaiserin einen Namen brauchte, damit sie und ihr ganzes Reich Phantásien überleben konnten, so braucht auch unsere Welt wieder mehr Namen und damit mehr Persönlichkeit, Nähe und Herz. Also mein Freund, nenn das Kind beim Namen!

Das Zauberwort heisst Toleranz Leute!

Die einen sind zu **gross**.
Die anderen sind zu **klein**.
Viele sind zu **alt**.
Einige sind zu **jung**.
Ein paar sind zu **dunkel**.
Wenige sind zu **hell**.
Eine Handvoll ist zu **dick**.
Andere sind zu **dünn**.
Manch einer ist zu **klug**.
Eine Minderheit zu **dumm**.
Die Elite ist zu **schön**.
Der Pöbel ist zu **hässlich**.
Verschiedene sind zu **spiessig**.
Der Rest ist zu **verrückt**.

…aber wofür denn eigentlich in Gottes Namen? Wir haben den Drang alles und jeden zu schubladisieren, zu katalogisieren, zu bewerten und zu verurteilen. Egal, wie der Mensch gegenüber auch sein mag, er ist im Vorherein schon mal falsch.

Auch ich ertappe mich immer mal wieder dabei, meine Mitmenschen zu analysieren und abzustempeln. Hui isch diä aber z'gross! Oder schau doch mal, die Dicke da… ui isch diä aber verbote hässlich und so weiter…

Dabei ist doch jeder Mensch individuell und einzigartig und man sollte ihn so nehmen, wie er nun mal ist. Mit allen Ecken und Kanten. Denn Schönheit liegt ja bekanntlicherweise im Auge des Betrachters und es kann dir ja schnurzegal sein, wie die oder der aussieht oder was der gerade Schräges macht, oder? Toleranz Leute. So heisst das Zauberwort. Für alle und jeden. Das wünsche ich mir heute. Für dich, aber vor allem auch für mich selber.

Machs guet.

Boah, bruche fett Bruntzis du Bitch

Halli hallo und guten Morgen. Ich stand neulich an der Kasse im Supermarkt und neben mir standen drei Jugendliche mit Zipfelmütze und Baseballcap, Oversize-Schal, Hochglanz-Leggins (ja genau die, die aussehen wie ein Güselsack), nackten Knöcheln und Nikes vor dem Regal mit den Weihnachtsgutzis. Eigentlich kein ungewohntes Bild in der heutigen Zeit in einer Grossstadt. Bloss die Diskussion, die sich dann entbrannt hatte, brachte mich zum Schmunzeln, denn die ging in etwa so...

Mädchen 1: Hey nei Scheisse man, wieso hät's kei Bruntzis, man?

Mädchen 2: Denn nimmsch halt so doofi Zimetsterndli du Bitch, isch doch egal (mit Betonung auf a-a)...

Mädchen 1: Nei voll nöd. Ich will Bruntzis, di andere sind voll gruusig e!

Junge (mit Baseballcap und Zigi hinter dem Ohr): Chömmer äntli gah, man? Nimm irgendöppis man, ich han voll kei Bock da z'warte.

Mädchen 1 (jetzt voll genervt): Figg di du Spast, ich han nu diä Bruntzi-Dinger gern... voll Trash de Lade echt!

Und so ging das minutenlang noch weiter. Mit voll, und man, und Bitch, und tschäggsch und figg di sälber du Spast und so. Und ich denke so bei mir. Ach, du fröhliche Weihnachtszeit. Mit Zimetsterndli, Mailänderli, Chräbeli, Manderindli, Nüssli, Schöggeli und ebe... Bruntzis du Bitch. ☺

Heb en schöne Tag Spatz!

Wenn Funken fliegen

Hi, schön, dass du da bist. Ich war 'ne Zeit lang weg (vom Fenster), aber nun dachte ich mir, melde ich mich zurück.

Ich war neulich unterwegs. In Geschäften. Ich war nicht auf der Suche nach etwas, ich hatte auch keinen Zeitdruck, ich konnte mich ganz einfach treiben lassen – Luxus pur eben. Ich habe mich dann entschieden, einen Pulli anzuprobieren. Mehr aus Neugierde, als aus purem Besitzergreifungswahn, aber manchmal mein Freund, passieren kleine Wunder. Ich hab' mir also diesen Pulli übergestreift und mich gefühlt, als wenn ich nach Hause kommen würde. Vielleicht kennst du das aus kitschigen Filmen, wenn die Kamera nach hinten fährt, man für Sekundenbruchteile die Augen schliesst und man in Gedanken eine Türe sieht, die sich öffnet, eine zweite Tasse auf einem Tisch steht, Schokolade auf der Zunge schmecken kann, Sonnenstrahlen in dunklen Haaren schimmern, ein fernes Lachen ertönt, Kinder auf Schaukeln in die Lüfte fliegen, bunte Murmeln in Zeitlupe aufeinanderprallen – der perfekte Moment eben. Und den habe ich da, in dieser viel zu kleinen Kabine, erlebt.

Wenn der gewisse Funke fliegt und man ohne Rückfragen an die beste Freundin, die Mutter oder den schwulen Begleiter ganz einfach weiss, dass es stimmt. Dass das der eine ist, der nur auf dich gewartet hat. Der eine Pulli, das eine Auto, das eine Kleid, der eine Ring, die lang gesuchten Schuhe, die perfekte Mütze, die eigene Wohnung…

Und als ich da so stand und mich fühlte, als würde ich schweben, stellte sich mir die Frage, ob wir nicht viel öfters weniger kaufen sollten, dafür mehr suchen müssten? Suchen nach diesen kleinen Glücksgefühlen, diesen ganz speziellen Funken, suchen nach dem EINEN Moment. Und wenn dieser ausbleibt, es ganz einfach gut sein lassen? Sich nicht mit Zweitklassigem zufriedengeben, bloss um nicht leer auszugehen? Qualität vor Quantität?

Denn sind nicht diese speziellen Erlebnisse diejenigen, die das Leben erst wirklich lebenswert machen?

Ich für meinen Teil habe mir diesen (auch noch preiswerten) Pulli gekauft und selbst an der Kasse mich noch tierisch darüber gefreut. Ein kleiner Glücksmoment, ganz allein für mich.

Und so wünsche ich dir auch viele solcher Glücksmomente in deinem Leben. Bunte Regenbogen und zwinkernde Hundeaugen, lachende Kinder und fallende Schneeflocken, strickende Omas und wärmende Hände in den deinen. Ich wünsche dir eine Nacht voller Funken und Sterne und einen Menschen, in dessen Augen du dich spiegeln, und in dessen Seele du dich fallen lassen kannst.

Bis bald und heb der Sorg.

Kleine Wunder überall

Hallo, schön, dass du da bist. Ich war eine ganze Weile beschäftigt, sorry. Habe am Theater gearbeitet, unterrichtet, Kursprogramme geschrieben, gezeichnet und gemalt…

Wie schnell doch das Jahr an uns vorüberzieht! Ende November… was für ein Spitzenjahr das doch war! Wenn man mit offenen Augen durch diese Welt geht, kann man herrliche Dinge erleben. Ich habe mir dies fest vorgenommen und jeden Tag kleine Wunder erlebt…

- Ich habe keine schlechte Laune mehr am Montagmorgen.
- Ich habe mich immer wieder neuen, manchmal kniffligen Situationen ausgesetzt.
- Ich habe anderen meinen Sitz angeboten und dafür ein Lächeln erhalten.
- Ich habe eine Fliege gefüttert (tiggts no?!).
- Ich habe einen Pudel mit einer Bernsteinkette gesehen.
- Ich bin im Regen spazieren gegangen.

- Ich habe neue Freundschaften geschlossen und alte vertieft.
- Ich habe die Nachbarskatze gestreichelt.
- Ich habe Hochzeiten begleitet und Zombies geschminkt.
- Ich habe jemandem nach einem Sturz auf die Beine geholfen.
- Ich wurde von meinen Frettchen begrüsst.
- Ich habe einen bekannten Schauspieler getroffen.
- Ich habe einen Vogel am Himmel gesehen, der aussah wie ein fliegender Hase.
- Ich habe oft geweint, aber noch mehr gelacht.
- Ich habe einen doppelten Regenbogen gesehen und mir dabei was gewünscht.
- Ich bin auf Fremde zugegangen, die nun keine mehr sind.
- Ich habe ganze Tage verschlafen und andere gelebt.
- Ich wurde Opfer einer gefrässigen Ziege.
- Ich habe lauthals gesungen und freudig getanzt.

- Ich habe Liebe gegeben und welche zurück erhalten.
- Ich habe mich zu meinen Wurzeln zurückbegeben…
- und mir Flügel erarbeitet.
- Ich habe Hühner, Alpakas und Schafe gezählt.
- Ich bin Auto gefahren, mehr als jemals zuvor,
- und ich habe es genossen.
- Ich habe gelacht, dass mir die Tränen kamen und der Bauch schmerzte.
- Ich habe zwei Füchse gesehen, einer tot und einer am Leben.
- Ich habe mich von Dingen getrennt, die nicht gut für mich waren.
- Ich habe neue Herausforderungen angenommen.
- Ich habe Berge bestiegen und Seen umrundet.
- Ich habe Zeit mit meinen Liebsten verbracht.
- Ich habe mich gesund ernährt, oder es meistens versucht.

- Ich habe fremde Länder bereist und neue Ausdrücke gelernt.
- Ich habe mich geärgert, aber noch mehr gefreut.
- Ich habe mich verändert, aber bin mir dennoch treu geblieben.
- Ich habe Glücksmomente gesammelt und bin noch lange nicht durch damit.
- Ich habe meine Mitte gefunden und möchte gerne dort bleiben.
- Ich bin auf der Suche nach mehr und werde es auch bleiben...

Und du? Welches sind deine kleinen Wunder, die dir ein Lächeln ins Gesicht zaubern und dich das Grau des Alltags vergessen lassen? Es gibt so viel zu sehen und zu entdecken. Bleib neugierig. Bis bald!

Gerade mal eben schief gewickelt

Hoi und schön dich zu treffen. Es läuft gerade gut oder läuft es eher schief und schlecht? Warum assoziiert man gerade mit gut, und schief mit schlecht?

Die gerade Spur, die schiefe Bahn?

Gerade / Gut – Schief / Schlecht? GG – SchSch…

Und bloss, weil gerade gut und gelungen ist, muss schief doch nicht unweigerlich schräg, schrill oder gar schlecht sein. Oder etwa doch?

Könnte nicht auch schief und schräg mal ganz gut sein? Sozusagen schön?

Für einmal sollte es nicht mit schlecht oder Schande in Verbindung gebracht werden, sondern mit schick, scharf, schnuggelig oder gar schmuck.

Ganz genau wie bei uns Menschen eben.

Augen auf!

Hoi, schön dich zu sehen. Ich war heute in der Stadt unterwegs. Das Übliche, kleine Besorgungen machen, ein wenig Arbeiten, du kennst das bestimmt. Also soweit alles ganz normal. Aber auf einmal wurde ich durch etwas Klitzekleines aus meinem Alltagstrott herausgerissen – auf dem Trottoir sass doch tatsächlich eine Maus! Sie sass einfach da und ass seelenruhig irgendeinen Brei, der da auf dem Pflaster klebte. Und weisst du was? Keiner meiner Mitmenschen hat das gesehen oder sich auch bloss im Ansatz interessiert oder sich gar darüber gefreut. Keiner!

Ich war völlig von den Socken, eine Maus, klein und unerschrocken in der grossen kalten Stadt – wo gibt's denn sowas! Und wieder einmal stellte ich fest, dass die Natur sich ihren Weg sucht und ihn auch finden wird. Und dass viele meiner Mitmenschen die Aufmerksamkeit gegenüber ihrem Umfeld verloren haben. Mails lesen, Kurznachrichten schreiben, telefonieren, bei Rot über die Strasse gehen, im Geiste weit weg sind, alles kontrollieren wollen und dennoch nichts wahrnehmen. Irgendwie traurig nicht?

Und ich? Ich stand da, habe mein Handy gezückt und ein Bild geschossen. Ich habe dieses süsse Tierchen bewundert und mich ganz einfach gefreut, dass dieser kleine Fratz meinen Alltag bunt gemacht hat.

Und deshalb: Augen auf mein Freund! Auch für Erwachsene gibt es in dieser Welt noch immer viel zu entdecken. Man muss es bloss wollen. Bis bald und machs guet!

Leserbrief

Hallo, schön, dass du da bist. Ich habe mich neulich mit einer gängigen online-Tageszeitung auseinandergesetzt und dabei ist mir aufgefallen, dass ganz viele Leserbriefe mit Fantasienamen versehen sind. Kaum einer benutzt mehr seinen richtigen Namen. Da sind Kommentare von «Irgendwer» und «Unbekannt», dicht gefolgt von «Big K.» und «Der liebe Leser». Wenn das Niveau ganz tief ist, stehen da zum Beispiel solch lustige Mailadressen wie scheisse@bluewin.ch oder fickdichinsknie@gmail.com ja, alles schon mal gelesen, nette Menschen, nicht wahr?

Woran das wohl liegen mag? Vermutlich daran, dass man anonym ganz einfach öfters den Mut aufbringt, seine Meinung öffentlich kundzutun, seinen Ärger hinauszuschreien (oder alternativ einfach niederzuschreiben), als wenn man dies mit vollem Namen tun müsste? Ja mein Lieber, soweit sind wir bereits. Da liest man ja mitunter die dümmsten Statements und Kommentare, bei denen man sich ganz einfach an den Kopf fassen muss. Ob Beleidigungen oder einfach sinnloses Zeugs, der Tastatur (und der menschlichen Abgründe) sind keine Grenzen gesetzt und da ja alles anonym ist im Netz, kann man dafür auch nicht belangt, belächelt oder gar verurteilt werden, prima! Und weisst du was? Die schlimmsten Kommentare werden ja vor Veröffentlichung noch von der Redaktion ausgemistet, also sind gar nicht ersichtlich für die Allgemeinheit... bedenklich.

Aber man sieht dieses Phänomen ja auch auf den Strassen. Wenn mal wieder der Pöbel zum randalieren (oder sie nennen es demonstrieren) um die Häuser zieht, seine Cocktails in die Runde schmeisst und Hassparolen schmettert, dann ist dieser auch vermummt, steht also nicht öffentlich zu seiner Meinung, seiner Wut und seinem Hass. Und auch hier wie immer im Kollektiv, denn gemeinsam sind wir stark.

Ist es nicht traurig zu wissen, dass unsere Mitmenschen zwar eine eigene Meinung vertreten (und das ist gut so!), sich aber nicht trauen, zu dieser zu stehen und dies mit einer gemässigten Wortwahl (und Anstand Leute, ANSTAND) zu tun? Eine Aussage bekommt nicht mehr Gewicht, wenn man sie mit Beschimpfungen spickt oder seinem gegenüber an den Kopf schreit.

Ist der gesellschaftliche Druck einer Demokratie (also einer Diktatur der Mehrheit) denn dermassen gross geworden, dass man diesem nicht standhalten kann und seine kleine Rebellion lieber unter falschem Namen vorantreibt? Ist das denn befriedigend?

Und so sehe ich am TV (meist am 1. Mai) diverse schwarz vermummte, von blinder Wut getriebene Idioten, die kein Ventil haben und nicht wissen, wohin mit all ihrem Hass auf die Welt und sich selber. Ich wundere mich und hoffe auf Besserung. Und so lese ich Tag für Tag Kommentare von «Aaaargauer» oder «Zürcher», «Frau Schweizer» oder «Dumby», «Alleswisser» oder «Mr.Cool», lächle still in mich hinein und stelle mir die Spastis hinter den Fantasienamen vor.

Also mein Freund. Ich kann verstehen, dass dich Themen dermassen bewegen, dass du dir mittels Leserbrief Luft machen willst, ich tue es ja auch hier und jetzt. Aber ich hoffe doch, dass du dä Couri hast, dies auch mit deinem vollen Namen zu tun und du zu deiner ganz persönlichen Meinung stehst. Ganz egal, ob der Nachbar oder gar die beste Freundin anderer Meinung sind. Du hast ein Recht darauf, und auch die Pflicht dazu...

Ciao und machs guet! Deine Sandy

Im Gleichgewicht

Intoleranz. Verfolgung. Hass. Wut. Missbrauch. Gewalt. Hinterhältigkeit. Waffen. Verleumdung. Boshaftigkeit. Blindheit. Unruhe. Verbitterung. Krieg. Zerstörung. Unglück. Katastrophen. Umweltzerstörung. Fremdenfeindlichkeit. Korruption. Kinderarbeit. Menschenhandel. Vergewaltigung. Verstümmelung. Abschlachtung. Bomben. Anonymität. Einsamkeit. Abgestumpftheit. Lügen. Tierquälerei. Terror. Folter. Gefängnisse. Verderben. Tod.

Lachen. Liebe. Tanzen. Singen. Freude. Familie. Geburt. Reisen. Erleben. Genuss. Abenteuer. Fröhlichkeit. Humor. Umweltschutz. Leichtigkeit. Hilfe. Freude. Vergebung. Ehrlichkeit. Freundschaft. Nächstenliebe. Ehre. Freundlichkeit. Kinder. Spielen. Vertrauen. Neubeginn. Aufbau. Zweisamkeit. Freiheit. Staunen. Nähe. Neugierde. Zärtlichkeit. Offen. Sehend. Leben.

Hält sich doch irgendwie die Waage nicht?

The incredible Hulk i mir

Sali. Schön, bist du hier. Weisst du was? Ich bin wohl doch schon älter, als ich mich eigentlich fühle... denn neulich im Gespräch mit einer jüngeren Bekannten:

Sie: Hey und was schaffsch du so?

Ich: Ja, aso ich mach das und das, schaffe es Bitz det und tuen no dies und das und denn machi nochli jenes...

Sie: Hey voll krass man (Maaaaaan), häsch du en Hulk i dir?

Ich: Hä? Aso was... hmmm... ööö... wie jetzt aso, häää??

Sie: Easy Bitch... chills... Dizuu... (plus dieses Handzeichen mit Fingern nach oben)

...und ich denn so... Scheisse, mann (Maaaaan) – ich wird' echt alt...

Luzern und 3 sind beide grün – tschäggsch?

Hallo, schön dich zu sehen! Heute möchte ich dich mal was ganz Konkretes fragen. Welche Farbe hat für dich Zürich? Ja ich weiss, hä, was soll der Scheiss, tiggts no?! Grau sagst du vermutlich wegen den Häusern... ja klar. Aber ich meine vom Gefühl her. Welche Farbe hat für dich Zürich? Schon richtig gehört...

Städte und Länder und auch die Wochentage haben bei mir Farben. Also Zürich ist blau, Bern ist rot (ja, könnte man von der Fahne her ableiten), aber Luzern ist bei mir ganz klar grün. St. Gallen ist wiederum gelb. Das war schon immer so. Der Montag ist blau, der Dienstag ist gelb, der Mittwoch rot und so weiter... und die Zahlen haben auch Farben. 1 ist weiss, zwei ist gelb, drei ist grün... neun ist wiederum blau (evt. von den Holzklötzli, mit welchen man in der ersten Klasse die Zahlen gelernt hat?).

Warum das bei mir so ist? Keine Ahnung. Ich habe mal im Netz darüber gelesen, dass man das Synästhesie (Synä was?) nennt und das angeboren oder erlernt sein kann (eben vielleicht ganz unbewusst mit den Schul-Klötzli). Schön, jetzt habe ich auch dafür eine Schublade, in die ich das stecken kann. Und wenn wir schon mal dabei sind, Gehirnwindungen zu analysieren, ich merke mir Zahlenkombis folgendermassen: Zum Beispiel eine Autonummer, sagen wir einfach mal, 352 107… also… 3+2=5 / 5x2=10 minus 7 ist wiederum 3… oder Telefonnummern: 0… 844 26 93 (man merke: 4+4=8, 2+6=8, 9-3=6). Klappt eigentlich (fast) immer.

Aber sag mir, wie merkst du dir solche doofen Kombis? Hast auch du Farben vor Augen, wenn du zum Beispiel am Mittwoch eine Sitzung hast, oder du was Leckeres isst, oder ein spezielles Lied erklingt? Welche Farbe hat denn zum Beispiel der Sonntag für dich oder die Stadt Rapperswil? Oder hast auch du ganz spezielle Methoden, etwas zu erfassen und zu behalten?

Sodeli, ich muss los, es ist schon fast grün… Ciao!

Danke für die Orga Leute!

Halli Hallo und schönen guten Morgen

Sag, findest du nicht auch, dass wir hier in der Schweiz eigentlich uhüne guet organisiert sind? Der Zug kommt meist so kurz nach pünktlich, die Strassen werden überall (ÜBERALL) geflickt, so dass sie im Minimum für die Ewigkeit halten, die Gärten sind gemäht, die Güselsäcke in den Tonnen verstaut, die Autos bald nur noch elektrisch betrieben und auch die Post kommt irgendwie regelmässig. Siehste?!

Und wenn du mal nicht sicher bist, wie du dich in einer Situation zu verhalten hast, für alles gibt es Regeln und Gesetze und Mitmenschen, die dich (meist) nett darauf aufmerksam machen. Und die allermeisten halten sich auch an diese Regeln, so dass diese organisierte Welt nicht ins Chaos abdriftet und in einer (sehr wahrscheinlich ja) dennoch gut laufenden Anarchie enden würde. Der Schweizer wäre so. Und das liebe ich an ihm.

Nehmen wir doch mal das Ausland in Augenschein. Die Züge kommen wann sie wollen, die Läden öffnen wann sie können, die Güselsäcke liegen wo sie nicht sollen (irgendwo im Chrut usse), die Autos laufen mit was auch immer aber auch dort funktioniert der Alltag irgendwie. Nicht ganz so sauber und geleckt, nicht ganz so hektisch und strukturiert. Aber er funktioniert.

Und als ich da so letzthin an einem Wegweiser vorbeikam, musste ich ganz still für mich schon ein wenig schmunzeln. „Zum Hauptwegweiser – 1min". Na wenn das keine tolle Organisation ist! Bei uns wird keiner im Regen stehen gelassen. Wir haben sogar Wegweiser zu den Wegweisern mein Freund! Tolle Sache!

Und auch wenn diese „Überreglementation" manchmal ein wenig an den Nerven kratzt und einem die Luft zum Atmen nimmt und man sich fragt: „Ja haben wir Schweizer denn sonst gar keine Sorgen?", so bin ich doch irgendwie ziemlich froh zu wissen, dass das Ganze um mich herum einen Ablauf hat, ja sagen wir, einer gewissen Struktur folgt. Das gibt ein klein wenig Sicherheit in einer grossen Welt, wo längst keiner mehr sicher scheint.

In diesem Sinne, wir regeln das schon! Liebe Grüsse, deine Sandy

Es ist dann mal weg...

Halli Hallo. Schön dich heute noch rasch zu sehen. Hast du das manchmal auch, wenn etwas, das dich doch eine Weile im Leben begleitet hat, dann einfach aufhört zu sein, dir das irgendwie Angst macht? Wenn eine Konstante sich klammheimlich verabschiedet und du dich neu orientieren musst? Und meist passiert das ja dann, wenn man am wenigsten damit rechnet, resp. es grad überhaupt nicht gebrauchen kann. Dann, wenn du meinst, alles läuft gerade rund, stolperst du über eine kleine Ecke, eine Kerbe, eine Kante und liegst dann ganz verwundert da. Und ich denke so bei mir. Jedes Ende ist ja auch ein neuer Anfang und sowieso wäre es ja brutal langweilig, wenn immer alles beim Alten bleiben würde, nicht? Aber dennoch. Über so einige kleine Dinge wäre ich schon ganz froh, wenn sie Bestand hätten und bleiben würden. Nur so für das eigene Sicherheitsgefühl sozusagen und damit ich mir nicht ganz verloren vorkomme auf dieser grossen Kugel.

Und so gehe ich an dem geschlossenen Laden vorbei und weiss, dass es bloss noch eine Frage der Zeit ist, bis das gesamte Haus verschwindet. Und obwohl ich keinerlei Bezug zu diesem Haus habe, so hat es mir doch schon als kleines Mäd-

chen stets gut gefallen. So bunt wie es zwischen all den grauen Häusern da so trotzig gestanden hat. Nun muss auch dieses Haus einem grauen Klotz weichen und ich kann es schlecht in Worte fassen, aber es tut mir irgendwie von Herzen leid.

Etwas Liebgewonnenes verlässt uns. Immer wieder, jeden Tag, überall. Menschen und Tiere sterben, Freundschaften gehen verloren, Beziehungen in die Brüche, Freunde ziehen weg, Jobs gehen flöten... doch auch immer kommen neue Menschen an, neue Bande werden geknüpft, neue Liebe geschworen, neue Nachbarn zu Freunden und neue Herausforderungen angenommen.

Ein Regenbogen bleibt nie wirklich lange sichtbar und er verschwindet immer. Aber er hinterlässt meist auch schöne Gedanken und ein Lächeln im Gesicht seines Betrachters.

Ich wünsche dir einen wunderschönen Tag und gib auf dich Acht. Bis bald!

Vom Loslassen und Behalten

Hallo, schön dich zusehen. Ich bin kein ausgesprochener Freund von Gegenständen, sprich, ich kann mich ganz gut von „Altem" trennen. Genauer gesagt, mache ich das sogar für mein Leben gern. So ca. 2 Mal im Jahr, gehe ich ganz bewusst und suchend durch meine Wohnung. Alles, was mir dann ins Auge sticht und von dem ich glaube, keinen Nutzen oder keine Freude mehr daran zu haben, wandert auf den Haufen „Flohmarkt", und diese Ware verkaufe ich dann und geh' mit diesem Geld in Urlaub. Das können Klamotten und Schuhe sein, Taschen oder Bücher, CD's oder alte Videospiele. Es können Hüte oder Mützen sein, Kickboards oder Bilder. Alles, was mich (obacht) – emotional belastet (hahaha) - wandert weg. Und das, was ich am Flohmarkt nicht verkaufe, verschenke ich anschliessend. Der Kleidersammlung, der Broki... und dieses Gefühl der Leere, welche dann entsteht, nicht bloss die physische auf der Kommode oder im Schrank, nein, die psychische Leere in mir, geniesse ich. Absurd? I wo! Das gibt Platz für Neues. Und so habe ich mich mal als Hobby-Psychologin erdreistet, das Ganze zu analysieren. Warum bloss, liegt mir nichts an diesen Dingen? Warum geniesse ich die Leere, die durch das Weggeben entsteht? Nun, vermutlich, weil ich in meiner Kindheit alles hatte. Versteh mich bitte nicht falsch. Ich bin nicht mit dem goldenen Löffel im Mund gross geworden, aber es hat mir auch an nichts gefehlt. Die angehimmelte Barbie bekam man zu Weihnachten, das Micky Mouse- oder Garfield-Heftli gab's, wenn man artig war, beim Einkaufen. Auch musste ich zwischenmenschliche Lücken nie durch Krimskram füllen. Soviel zu meiner Analyse. Wieso gibt es aber Menschen, die sich so schampar schwer von Dingen lösen können? Die selbst das alte „Nuschi" der bereits gross gewordenen Tochter aufbehalten? Ob das kompensierende Verlustängste sind? Würde ja zu meiner Theorie ganz gut passen, oder?

Und so streife ich wieder einmal durch die Wohnung und muss mit einem Schmunzeln feststellen, dass meine kleinen Frettchen mehr „besitzen" als ich selber. Röhren, Nuschis, Spielzeug und vieles mehr. Auch ihnen soll es an nichts fehlen, so denke ich mir, und klaube einen Pulli aus dem Schrank, der ganz bestimmt jemandem ganz gut gefallen täte.

Sag, vielleicht kennst auch du das Gefühl, vom Loslassen und Behalten und vielleicht hast ja auch du Dinge, von denen du dich weder lösen willst, noch trennen kannst? Und als ich da so in meinem Schrank rumstöbere, entdecke ich etwas, das mir ein Lächeln ins Gesicht zaubert. Meine alten Freunde, „Äntli" und „Miggeli", die bald 30-jährigen Stofftiere (Ente ohne Flügel und Koalabär mit regenbogenfarbigem Bauch), die seit Jahren in meinem Schrank wohnen. Und wenn die Hölle zufriert, diese Viechli gebe ich nicht weg. Aber nicht als Kompensation, sondern als Erinnerung.

Also mein Freund – lass mal los aber behalte dein Lächeln, denn das steht dir.

Sag, kennst du das Gefühl?

Kennst du das Gefühl, etwas sagen zu wollen, und doch nie die richtigen Worte zu finden?

Kennst du das Gefühl, die Welt verändern zu wollen, und dabei zu merken, dass dir die Hände gebunden sind?

Sag, kennst du das Gefühl, alleine zu sein und dennoch umringt von tausenden Leuten?

Kennst du das Gefühl, mitten im Leben zu stehen und verzweifelt auf dessen Anfang zu warten?

Kennst du das Gefühl, dir Flügel zu wünschen, doch auch über deine Wurzeln glücklich zu sein?

Sag, kennst du auch das Gefühl, aussen vor zu sein, vom Wunsch besessen, dazu zu gehören?

Kennst du das Gefühl, enttäuscht zu werden und gute Miene zum bösen Spiel zu machen?

Kennst du das Gefühl, unerreichte Ziele vor Augen zu haben und dabei nicht sehen, was bereits erreicht worden ist?

Kennst du das Gefühl, etwas sagen zu wollen, um es aus falscher Scham dann doch nicht zu tun?

Sag, kennst du auch das Gefühl, immer mehr zu wollen statt mit dem, was du hast, zufrieden zu sein?

Kennst du das Gefühl zu verlieren,
obwohl du in Wahrheit gewonnen hast?

Kennst du das Gefühl, um Hilfe zu schreien,
und von niemandem gehört zu werden?

Kennst du das Gefühl, auf jemanden zu warten, obwohl du weißt, dass er niemals kommen wird?

Kennst du das Gefühl der Erleichterung,
wenn du deine Wut hinausgeschrien hast?

Kennst du das Gefühl, müde zu sein,
nicht mit dem Körper, nur mit dem Geist?

Sag, kennst du das Gefühl, den Kopf leer zu haben, und nicht zu wissen, wo du ihn füllen kannst?

Kennst du das Gefühl, wenn dir die Sonne ins Gesicht scheint und sie dir in der Nase kitzelt?

Kennst du auch das Gefühl, etwas zu verlieren, obwohl du es im Leben nie besessen hast?

Kennst du das Gefühl des totalen Zusammenbruchs, und du nur noch weinend am Boden liegst?

Sag, kennst du das Gefühl, aufs Ziel fixiert zu sein, ohne dabei zu erkennen, dass der Weg es selbst wäre?

Kennst du das Gefühl, glücklich zu sein,
so dass dir die Tränen in die Augen schiessen?

Kennst du auch das Gefühl, nie gut genug zu sein, und dir so das Leben zur Hölle zu machen?

Kennst du das Gefühl, wenn es dir den Boden unter den Füssen wegzieht und du am Sinn deines Daseins zweifelst?

Sag, kennst du das Gefühl, dein Leben schon zu kennen, obwohl du dich jeden Tag aufs Neue überraschen lässt?

Kennst du das Gefühl, nachts wach zu liegen und zu glauben, allein auf der Welt zu sein?

Kennst du das Gefühl, etwas haben zu wollen, und genau zu wissen, dass du es nie haben wirst?

Sag, kennst du das Gefühl, eine Dummheit zu tun, und es genau deswegen so sehr zu geniessen?

Kennst du auch das Gefühl, noch mal Kind sein zu wollen, doch auch nicht alt genug sein zu können?

Kennst du das Gefühl, wenn dir die Zeit davon rennt und du sie verzweifelt einzuholen versuchst?

Kennst du das Gefühl, alt zu werden,
nicht nur körperlich sondern vor allem im Kopf?

Sag, kennst du auch das Gefühl, zufrieden zu sein mit Dir und dem ganzen Rest der Welt?

Sag, lebst du?

Das Etiekettengirl

Hallo, schön, dass du da bist! Ich war neulich mit meinen Liebsten im Kino. Also vorher waren wir noch Essen. Das Ambiente war schön, das Essen fein, die Gespräche heiter… alles tiptop, wenn da nicht diese eine Kleinigkeit gewesen wäre, auf die mein Partner mich aufmerksam gemacht hatte. Am Tisch hinter uns sass eine junge Frau. Sie trug eine Bluse von unserem schwedischen Freund und Kleidungsgiganten. Weshalb ich das weiss? Weil bei ihr das Etikett mitsamt Grössenangabe (XS) und Preis (39.90 CHF) herunterhing. Ja, kaum zu glauben oder? Und das, obwohl diese doofen Etiketten mit so 'nem Plastikteil befestigt sind, das furchtbar piekst und diese Etiketten RIESIG (nein GIGANTISCH) sind. Ich konnte mich dann irgendwie nicht mehr so wirklich auf unsere Tischgespräche konzentrieren, musste ich doch immer über die Schulter meines Begleiters schauen – zum Preisschild! Wie es da so mir nichts dir nichts in die Welt rausbaumelte. Ich sag's dir, wie bei einem Unfall. Man weiss genau, man sollte nicht hinsehen, wegsehen, aber man MUSS einfach hinsehen, STARREN. Furchtbar! Und nun die alles entscheidende Frage. Soll man das der netten Dame ganz diskret sagen? Und wenn ja, wie?

So, dass es ihr Begleiter nicht merkt? Geht gar nicht. Oder macht die das evtl. mit Absicht, trägt das Teil einmal und bringt es dann zurück (alles schon erlebt im Fall). Das wäre wiederum peinlich. Hmmm...

Also ich würde es wissen wollen, wenn mir sowas passieren würde. Bei einer meiner früheren Arbeitskolleginnen hat mal nach dem Toilettengang noch eine Bahn Klopapier am Po gehangen. Bevor sie an ihren Arbeitsplatz zurückgegangen ist, hab' ich sie umgehend wieder aufs Örtchen geschickt, um diesen Fauxpas zu korrigieren. Die war mir vielleicht dankbar! Ich wurde mal, da arbeitete ich noch in der Drogerie, von einer lieben Bekannten zum Abschied auf die Wangen geknutscht. Dass ich dann anschliessend 2 Stunden lang Kunden bedient habe mit zwei riesigen, rosa Kussmündern links und rechts hat mir keiner gesagt, na schönen Dank auch! Auch den Broccoli zwischen den Zähnen musste ich selbst im Spiegel entdecken. Im Schwimmbad habe ich mit Freunden mal einen Mann getroffen, dessen Hinterkopf noch voll mit Frisierschaum war, sah aus wie ein kleines, weisses Hütchen. Dem hab' ich das dann gesagt und der war mir auch dankbar... also was tun mit dem Etiketten-Girl? Nichts tun und so tun als hätte man es nicht gesehen, oder ihr doch sagen? Und während ich in meinen Mantel schlüpfte und beschloss, ihr beim Hinausgehen doch von ihrem kleinen Begleiter zu berichten, hat sich mein Begleiter diesem „Problem" bereits angenommen. Ganz charmant machte er die Dame mit einem Lächeln darauf aufmerksam, worauf diese sich an den Rücken fasste und sich tausend Mal bedankte. Und ich? Ich musste lachen. Weil nicht bloss mich das nicht in Ruhe gelassen hat.

Und so konnten wir alle zusammen ganz unbeschwert ins Kino gehen.

Hattest du auch schon mal einen Fauxpas, auf den deine Mitmenschen dich hingewiesen haben (oder eben nicht?). Erzähl! Ich bin gespannt!

Black Friday

Also echt Leute, welch tolles Angebot und nur heute - Zugreifen!

Wer bist du?

Hallo, schön, dass du vorbeischaust. Ich habe neulich jemanden gefragt, wer er sei und als Antwort habe ich erhalten: „Ich bin Projektleiter". Wie jetzt? Du bist in erster Linie das was du tust, und nicht das, was du bist? Hä? Bist du nicht in erster Linie der Hermann (oder Peter, Paul, Franz, Karsten, Felix, Stefan, Thomas, Günter, Philippe...), Ehemann und Familienvater, Liebhaber guter Weine und toller Zigarren? Du bist Projektleiter... ok, das hat mich irgendwie nachdenklich gestimmt.

Wie definierst du dich, wenn dich jemand danach fragt? Also ich, ich bin die Sandy. Ich bin ein bisschen zu klein, dafür aber mein Mundwerk ein bisschen zu gross. Ich liebe kalten Kakao, mag gute Horrorfilme und im Bett liegen bei Gewittern. Ich hasse es, die Zalando-Pakete aus dem Milchkasten zu klauben (ja die passen GENAU rein, du brauchst aber einen Autoschlüssel oder Schraubenzieher um die da auch wieder raus zu kriegen), ich wundere mich, warum am Morgen im Bett immer alles passt und so gemütlich ist und man abends einfach keine passende Stellung finden kann. Ich mag Winternachmittage zuhause im Piji und bei Disneyfilmen lauthals mitzusingen (so ein wonnig toller Tag...!).

Was noch…hmmmm.

Ich mag Tiere und Kinder, aber Tiere ein klitzekleines bisschen mehr. Ich stelle gerne unpassende Fragen in unpassenden Momenten und wünschte mir, ich könnte vom Schreiben und Zeichnen meinen Lebensunterhalt bestreiten.

Aber ich quassle und quassle… was ist mit dir? Vorlieben, Abneigungen, Hobbies? Ich zum Beispiel hasse kalte Hände und Füsse (und die habe ich ständig). Ich mag es nicht, wenn mir im Hochsommer die Schwitze den Rücken runter läuft und alle wie wild mit ihren Gratiszeitungen wedeln. Ich liebe Flipflops, rot lackierte Zehennägel und dicke Boots. Fahrräder gefallen mir auch gut, aber radeln mag ich nicht so sehr.

Ich bestelle gerne Pizza und schaue mir dabei einen Hockeymatch im Fernsehen an. Ich mag Bier nicht leiden und ab und zu rauche ich eine mit Freunden. Ich liebe tolle Kleider und habe eine Vorliebe für fesche Dirndl entdeckt. Ich bleibe noch immer in der Herrenabteilung stehen und schaue mir die blank polierten Schuhe an und sehe ich eine alte Telefonkabine, muss ich unbedingt hinein, um ein paar Knöpfe zu drücken. Mürli-laufe tue ich auch heute noch mit Wonne und wenn mir mal was gegen den Strich geht, fluche ich was das Zeug hält.

Wie also definierst du dich als Mensch? Ich bin Kassiererin in der Migros... gähn... wer bist du als Mensch? Was magst, liebst, verabscheust du? Wo fühlst du dich wohl, was geht dir gegen den Strich? Was macht uns Menschen denn aus? Unser Job? Wohl kaum. Den kann man ganz schnell wechseln oder aber auch verlieren. Unser Charakter, unsere Seele? Unsere Träume und Wünsche?

Überleg's dir und antworte nicht das nächste Mal, wenn dich jemand fragt wer du bist – ich bin IT-Experte aus dem 12. Stock... die Schale seh' ich selbst, ich will wissen was drin steckt.

Wer hat an der Uhr gedreht?

Hallo und schön, dass du Zeit hast. Kinder und Fernsehen ist ja ein allgegenwärtiges Thema. Wieviel TV ist ok, ab wann wird's zu viel? Wie und was sollen die Kleinen denn gucken dürfen? Also ich hatte nun als Kind keinen übermässigen TV-Konsum, aber ich durfte doch die coolen Serien für Kinder der 80-er Jahre ansehen. An der Biene Maja hatte ich immer meine helle Freude. Habe ihr und Willi die Daumen gedrückt, wenn mal wieder die bösen Wespen zugegen waren. Bin mit Flip über die Blätter gehüpft und habe mich vor der Spinne Thekla gefürchtet.

Eine meiner absoluten Favoriten war Alice im Wunderland. Den Benny Bunny in seinen orangen Latzhosen finde ich auch heute noch ganz toll und die Herzkönigin schreit noch wie eh und je „Kopf ab!". Kannst du dich noch an deine Lieblingsserien erinnern? Was hat dich als Kind an den Fernseher gefesselt? Hat dich doofe Mitschüler und blöde Prüfungen vergessen lassen? Grisu der kleine Drache der unbedingt Feuerwehrmann werden wollte? Calimero, das Küken mit Sombrero (also eigentlich war's ja eine Eierschale) oder doch Pinocchio? Sindbad (schaut wieviel Glück dieses Kind hat) aus Bagdad (Bagdad ist die schönste Stadt der Welt –

tiggts no?!), oder warst du Fan von Heidi oder Wickie? Die Gummi- und die Glücksbärchis, Chip und Chap, Sendung mit der Maus, die Schlümpfe, Inspector Gadget...

Ja, in den 80-ern war die Welt noch in Ordnung. Ich konnte mich auch für weniger bekannte Zeichentrickserien begeistern. Niklaas ein Junge aus Flandern hat mir ebenso gut gefallen wie die kleine Perrine, die mit ihrem Planwagen und ihrem Hund auf der Suche nach ihren Eltern war. Der kleine Hund Dogtanian mit seinen Musketieren war doch auch ganz super!

Das Titellied von den Fraggles (Sing und schwing das Bein...), geistert mir noch heute im Kopf herum, und bei Paulchen Panther muss ich immer noch jedes Mal lauthals mitsingen.

Als ich dann grösser wurde, waren Sendungen wie Knight Rider oder das A-Team angesagt. Ich habe Samstag für Samstag mit Michel und K.I.T.T., Hannibal, Face, Murdock und B.A. gegen das Unrecht gekämpft und die Welt gerettet.

Ich kann mir nicht helfen, aber die neuen Serien sind einfach nicht mehr das Gleiche. Wo gibt es denn heute noch Serien, in denen geballert wird, was das Zeug hält, aber keiner auch bloss eine Schramme, geschweige denn eine Schussverletzung davon trägt? Doch bloss beim A-Team! Wo findet man heute noch Supertypen in super engen Jeans, die mit super Vokuhilas und einem Schweizer Taschenmesser die Welt retten? Doch bloss bei MacGyver! Wo sind all die wahren Helden bloss hin?

Klar ist übermässiger TV-Konsum für Kinder nicht erstrebenswert (ja ich bin auch der Meinung, die sollen mal nach draussen Dampf ablassen), aber ich will es auch nicht verteufeln. Habe ich doch viel über die Soziologie der Gesellschaft gelernt. Nicht umsonst nannte sich die Foundation für Recht und Verfassung und beim A-Team hiess es bereits im Vorspann: „...aber sie helfen anderen, die in Not sind." Was kann daran denn falsch sein?

Es gibt noch ganz viele andere Serienhelden, die ich jetzt nicht erwähnt habe... denn... wer hat an der Uhr gedreht? Ich muss los! Bis bald!

Wänni denn mal gross bin...

Hi, schön, dich zu sehen. Ich stand gestern am Bahnhof und mit mir wartete ein kleiner Junge von vielleicht 5 Jahren mit seinem Vater. Der Vater, Typ nicht mehr ganz so junger Papi, stand fröstelnd an der weissen Linie auf dem Perron und versuchte mit reiner Mentalkraft den Zug zum schnelleren Einfahren zu bewegen. Während sein strenger Blick in Richtung Osten zeigte, plapperte der Junge munter drauflos...

«Papiiiii... wänni denn mal gross bin, denn wetti Lokifüehrer werde!» sagts und strahlt übers ganze Gesicht.

Sein Vater murmelt etwas Unverständliches in seinen Schal und der Junge siehts's als Aufforderung, mehr von seinen Zukunftsplänen preiszugeben.

«Aber am Donnstig chani denn nöd Lokifüehrer sii, willi am Donnstig denn amigs muäss de Güselwage fahre, gäll Papi...».

Während sein Vater ein wenig konsterniert aus der Wäsche guckt, hüpft sein Zwerg derweil auf einem Bein, um die lästige Kälte aus dem kleinen Körper zu vertreiben.

Und als der Vater schliesslich fragt: «Aber geschter häsch doch no welle im Migros go schaffe?» fängt der Kleine angestrengt zu studieren an. «Ja weisch, im Migros chani ja am Mändig und am Ziestig schaffe, denn fahrt de Güselwage ja nöd, am Mittwuch bini denn Lokifüehrer und am Donnstig Güselwagechauffeur... und am Friitig bini mit mine Chind diheime. Weisch Papi, genau eso machi das denn emal wenni gross bin». Und wären diese Pläne nicht schon herzerwärmend genug, das strahlende (und wild entschlossene) Gesichtchen des Kleinen ist es allemal.

Der Zug fährt ein (auch ohne Mentalkraft des Vaters), und die beiden steigen ein.

Und ich? Ich habe mir überlegt, dass ich als Kind zuerst Prinzessin, dann Coiffeuse, dann Stewardess, Kellnerin, Verkäuferin, Malerin werden, und ganz bestimmt niemals in einem Büro landen wollte... hmmm

Aber eigentlich ist es doch ganz egal, was man heute ist. Hauptsache man kann mit so viel Freude wie dieser kleine Junge seinen Tag beginnen. Also, in diesem Sinne – guet schaff und vergiss nöd, am Donnstig chunnt denn de Güselwage!

Und was wetsch du werde, wennd mal gross bisch?

Wenni gross bin, wirdi Influencerin…

Influ… was?

Säg emal, tiggts no?!

Oh, noch da? Das freu mich aber ungemein!

Du hast also noch nicht genug von meinen Geschichten? Dann hol dir doch rasch auch das erste Buch, „Sorry gäh…".

Erhältlich überall wo's Bücher gibt und natürlich auch bequem im Netz (für die Fuhle☺)…

Ciao und machs guet!
Dini Sandy